KB213955

세상에서 가장 행복할

_____ 에게

_____ 가

너를 위해 행복을 준비했어

마이버디

Prologue

행복으로 하루를 가득 채워 봐

훌쩍 지나가는 일상 속에서 매일 행복을 느끼며 살아가는 게 쉽지 않다고 느끼나요? 이유 없이 컨디션 좋지 않은 하루를 보낼 수도, 1분 차이로 버스나 지하철을 놓칠 수도, 불친절한 사람을 마주할 수도 있으니까요. 그러나 그런 일들보다 나를 더욱 무기력하게 만드는 건 따로 있을 거예요. 바로 어제오늘 모두 똑같은 하루가 반복되어 지루한 일상으로 흘려보내는 일 말이에요.

하지만 그런 나날이 이어져도 우리 주위에는 항상 작은 행복들이 숨어 있다는 걸 잊지 않았으면 좋겠어요. 스스로 그것을 행복이라고 인지한다면 굉장히 클 수도, 작을 수도 있어요. 작은 고양이가 솜뭉치 같은 발로 내게 걸어올 때, 라디오에서 우연히 좋아하는 노래가 흘러나올 때, 맛있는 한

끼를 배불리 먹었을 때, 맑은 하늘에서 몽글몽글 강아지 구름을 발견했을 때…. 이렇게 별거 아닌 일도 작은 이벤트처럼 받아들이면 어떨까요? 자그마한 전부가 아마 오늘 나에게 주어진 기쁨일 테니까요.

눈을 감고 좋아하는 걸 떠올려 보세요. 아주 사소한 것 까지요. 그리고 좋아하는 것들로 종일을 가득 채워 봐요. 요리, 산책, 쇼핑, 따뜻한 커피, 친구와의 대화 등 그 행위들은 작은 위로가 되어 앞으로의 걸음에 큰 힘을 실어 줄 게 분명해요.

이번엔 가족, 친구, 사랑하는 내 사람들을 떠올려 볼까요? 웃음과 눈물을 나누며 나와 함께 세월을 달려온, 인연이 닿은 것만으로도 참 감사한 사람들 말이에요. 여러 시간 속 함께 쌓은 추억이 이전의 나를 일으켜 주고 지금의 나를 더 단단하게 만들었을 겁니다.

여기, 긍정의 눈으로 일상을 바라보는 마이 버디 친구들이 당신을 위해 행복을 준비했습니다. 아마 당신은 몇 번이고 이런 행복을 누리며 살아왔을지도 몰라요. 그러니 당신이 행복한 사람이라는 걸 늘 기억할 수 있도록 이 책을 드립니다.

지치고 힘들 때마다 우리를 찾아 주세요. 당신을 위한 행복은 항상 준비되어 있으니까요.

마이 버디 친구들을 소개할게

다섯 명의 친구는 2020년, 마이 버디라는
다이어리 속에서 만났어.

네 번의 계절을 함께 보낸 이 친구들은
서로가 자신만큼이나 소중한 존재라고 해.

서로가 서로에게
힘과 위로를 건네줄 수 있는
사이가 된 거지.
다섯 친구는 이제 가족과 다름없어.
그렇게 자신들을
마이 버디라 부르기로 했지.

외모, 성격, 취향이 모두 다른 다섯이 모였지만
삶의 목적은 같아.
일상도 보물처럼, 매일을 여행처럼.

작고 소소한 것에서도
행복을 찾아내는 친구들이 모였어.

동구

동구는 빵을 좋아하고 식탐이 많아.
통통한 배만큼 감수성이 풍부하고
순수한 마음을 가졌어.

여린 마음에 걱정도 많지만
금세 훌훌 털어 낼 줄도 알지.

동구는 자연도 사랑하는데
작은 풀잎, 꽃잎에도
마음이 사르르 녹는다고 해.

보리

모두의 귀염둥이, 보리.

누구보다도 낙천적으로 단순하게
일상을 살고 싶어 하는 친구야.

걱정이 없는 만큼 밝고 사교성도 좋아서
친구들을 가장 많이 웃게 해 줘.

보리는 폭신한 케이크를 좋아하는데
작은 일도 축하할 기쁜 일로 만들지.

송이는 자기애가 넘치는 친구야.
자신을 아끼고 사랑할 줄 알지.

자존감도 높아 항상 당당하지만
알고 보면 허당일 때가 많아.

여행을 사랑해서 늘 새롭고
설레는 곳을 찾아 떠나려고 해.

항상 먼저 친구들의 손을 잡고
세상 밖으로 이끌어 주는 친구야.

송이

남구는 예민한 성격이지만
그만큼 누구보다 친구들을
세심히 챙기지.

혼자 있는 시간을 즐겨서
자주 사색에 빠지곤 해.

마치 잔잔한 노래와 같은 남구는
곁에 있는 것만으로도
위로가 되는 존재야.

남구

찬이

만인의 엄친아, 찬이.
육각형인 찬이는 못하는 게 없어.

책 읽는 시간을 가장 좋아하고
사진 찍는 취미를 가지고 있어.

친구들이 모두 모일 때면
찬이는 조용히 그 소중한 순간을
차곡차곡 카메라에 담아 둬.

그리고 연말이 되면 친구들에게
소중한 추억을 선물해.

Chapter 1

일상에서 보물찾기

큰 행복이 찾아오기만을 기다리다간
작고 소중한 수많은 행복을 놓쳐 버릴지도 몰라.

행복은 어디에나 있고 늘 우리 곁에 있어.
그것이 '행복'이라는 걸 알기만 한다면 말이야.

오늘 하루의 첫 행복은
눈을 뜨자마자 따뜻한 햇살이 가득한
하늘과 마주한 순간이야.

바스락, 이불을 껴안고
가만히 아침 공기를 느껴.

타다닥, 온 집 안을 뛰어다니는 소리가 들려와.
문틈 사이로 고개를 쏙 내민 우리 강아지가
꼬리를 흔들며 내 품으로 뛰어 들어왔어.

하루의 시작부터 나에게 행복을 주는 친구야.

일어나면 식탁에 앉아 사과를 깎아 먹고는 해.
평온한 나의 아침 루틴이야.

고요한 거실에 낮게 흐르는 음악
그리고 아삭아삭 사과 소리는
늘 마음을 평화롭게 만들어 줘.

항상 지나다니던 출근길 골목에서
자주 보던 고양이를 오늘도 마주쳤어.
늘 담장을 훌쩍 올라가 버렸던 그 친구는
오늘은 어쩐 일인지 소리 없는 발걸음으로
나에게 다가왔어.

이 친구도 나를 알아보는 걸까?
오늘은 먼저 인사를 건네.
출근길 새 친구가 생긴 것 같아
마음이 몽글몽글해졌어.

이 작은 고양이의 세계에는
어떤 행복이 있을까?

오늘 하루도 든든히 버티게 해 줄
커피와 함께하는 순간도 놓칠 수 없지.
코끝에 맺힌 부드러운 커피 향이
나를 북돋아 주는 것 같아.

열심히 업무에 집중하다가
문득 고개를 들어 흘러가는 구름을 바라봤어.
뭉게뭉게 강아지 구름이
파란 하늘 속을 달려가는 중이야.

모니터 속이 우리 세상의 전부는 아니잖아?
더 드넓은 곳에서 유영하며 살아가자.

늘 그렇듯 복잡한 지하철 안.
오늘은 플레이리스트가 아닌
라디오를 틀어 봤어.
까만 창문을 바라보며 멍하니 듣는데
갑자기 내가 가장 좋아하는 곡이 흘러나오는 거야.

이 작은 일이 나에겐 지친 일상 속
위로가 되는 소소한 이벤트 같았어.
그리곤 깨달았지.
작은 우연이 주는 행복은
생각보다 아주 크다는 걸.

가만히 눈을 감고
노래에 귀를 기울이면
어두운 창밖은
바다가 되고
산이 되기도 해.

내가 무얼 생각하느냐에 따라
내가 있는 공간이 달라지는 거야.

길거리를 향기로 가득 채우는
꽃송이들을 만나면 저절로 걸음을 멈추게 돼.
언제부터 이렇게 살랑살랑 춤을 추고 있었던 걸까.
걷다 보면 날 바라보고 있는 꽃들이 참 많아.

수고한 나를 위해 요리하는 저녁 시간.

어젯밤 미리 봐 둔 레시피로

뚝딱뚝딱 만들었어.

칼질이 조금 어설퍼도 괜찮아.

완성된 음식은 맛있을 테니까.

이미 좋은 냄새가

부엌을 가득 채우고 있거든.

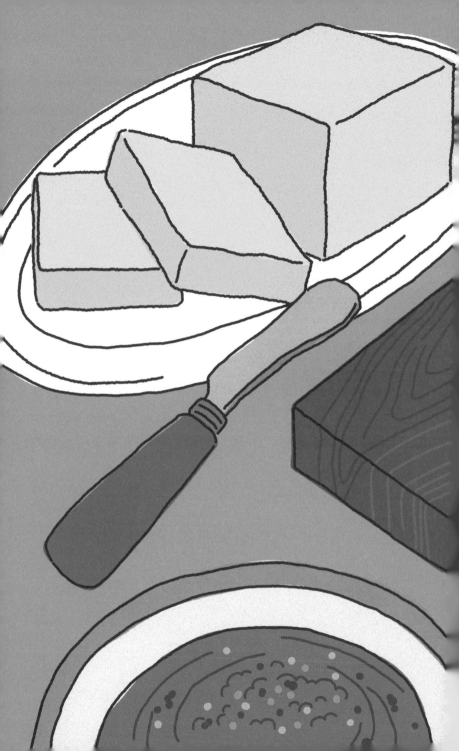

저녁 식사 후엔

집 근처 공원으로 산책을 나가곤 해.

가벼운 산책은 언제나 나를 충전해 줘.

그렇게 산책하다 보면
뜻밖의 행운을 만날지도 몰라.

샤워와 청소만큼 기분을 빠르게
환기해 주는 일이 있을까?

바쁜 하루를 보낸 후 집으로 돌아오면
잠시라도 청소를 해.
그리고 나서 샤워를 하면 정말 기분이 좋아.

몸은 무겁고 피곤하지만
내 공간과 나를 깨끗하게 할수록
마음은 오히려 가벼워져.

잠깐 여유를 내서 비우는 이 시간이
또 무언가를 채워 줄 거야.

모든 일을 마무리하고
소파에 앉아 책을 읽는 이 순간.
온전히 나만을 위한 시간이야.

책을 잡고 있는 손 틈 사이로
나만의 공간과 이야기가 펼쳐져.

그 안에서 나는
쉼과 힘을 얻는 것 같아.

잠들기 전엔 내 이야기로 책을 만들기도 해.
오늘 하루를 돌아보며
순간순간의 나는 어땠는지 기록하고 있어.

내가 느낀 감정을 고스란히
글로 쏟아 내다 보면 새삼스레 고마운 일도
쉽게 지나쳤던 작은 행복도 발견할 수 있거든.

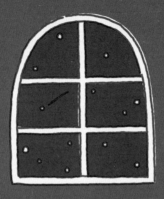

달빛 같은 조명을 켜 두고

이불 속에 들어가

익숙한 포근함을 느껴.

반쯤 감긴 눈으로

오늘 하루도 고생했다며

스스로 잔잔한 위로를 보내.

늘어지게 늦잠을 자고
뒹굴거리다 일어난 주말 아침.
부드러운 햇살을 맞고 있자니
괜히 늑장을 부리고 싶어져.

오늘은 여유로운 하루를 보낼 거야.
일단 기지개를 쭈욱 펴 볼까?

햇살만 드리우는 고요한 거실.
소파에 앉아 좋아하는 노래를 들어.

주말은 참 좋아.
좋아하는 것들로만 시작하는 하루를 만들 수 있잖아.

오후엔 화창한 날씨가 아까워
친구와 피크닉을 즐기기로 했어.
작게나마 준비한 도시락도
함께 나눠 먹을 거야.

이렇게 반짝이는 날을
함께 보낼 친구가 있어서
참 감사해.

푸르른 잎이 가득한 나무 아래에
나란히 앉아 호수를 바라봤어.
잔잔한 물결 위에 빛들이 빠르게 일렁여.

이대로 시간이 멈추면 좋겠다- 말하는
우리의 얼굴에 미소가 번졌어.

보리랑 피크닉 ♡

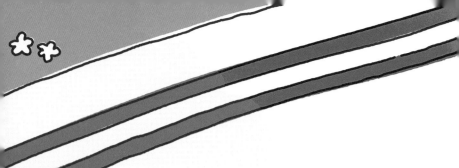

행복한 순간은 꼭 사진으로 남겨 두자.
시간이 흐른 뒤, 모아 둔 추억을 다시 꺼낼 때면
그날의 날씨와 냄새, 기분까지 함께 스쳐 가거든.

그리고 생각할 거야.
예쁜 추억을 남겨 두어 참 다행이라고.

딩동-

반가운 택배 손님이 찾아왔어.

오늘을 위해 준비한 음식들이야.

냉장고에 하나둘 차곡차곡 정리해 볼까?

가득 찬 공간만큼이나 내 마음도 풍족해졌어.

푸르스름한 저녁이 찾아오면
준비한 저녁과 함께 즐길
영화를 찾아서 틀어 놓곤 해.

거창하진 않지만 직접 준비했다는
뿌듯함이 오늘 저녁의 행복이 되기에 충분해.

마무리까지 완벽하니
왠지 떠나보내기가 더 아쉬운 주말이야.

오늘도 하루를 써 내려가며 마무리해.

사소한 일상이지만

그 속에 깊은 행복이 깃들어 있었어.

순간순간의 소중함을 잊지 않도록

그리고 언제든 꺼내 볼 수 있도록

일기장에 꾹꾹 눌러 담을 거야.

어때? 소소하게 반복되는 날에도
꽤 많은 행복이 숨어 있지 않아?

일상에 녹아든 작은 행복들이지만
절대 당연하지 않은 소중한 순간들이야.
거창하게만 생각하지 말고
사소한 것에서 같이 행복을 찾아 보자.
그럼 분명 어제보다 오늘 더 행복할 거야.

너의 일상 속 소소한 행복은

어떤 것이 있는지 말해 줄래?

_____

_____

_____

_____

_____

_____

_____

_____

_____

Chapter 2

무엇을 좋아하니?

나의 취향과 취미

내가 좋아하는 게 뭔지 생각해 보자.

아마 취향은 내 안에 자연스럽게 스며 있을 거야.

그리고 그건 나를 더 단단하고 아름답게 만들어 줘.

멋들어진 취향이 아니어도 괜찮아.

취향에 정답은 없으니까.

넌 무엇을 좋아하니?

반가워, 나는 동구야.
망설임 없이 말할 수 있어.
내가 가장 좋아하는 것
그건 바로 빵이야.
뚱뚱하고 말랑한 빵.
부드럽고 촉촉하게
가득 베어 무는 한 입!

언젠가 달콤한 버터 냄새로 가득한

나만의 베이킹 스튜디오를

가지는 게 꿈이야.

꿈을 꾼다는 건 참 근사한 일 같아.

나랑 마트에 장 보러 가자!

이리저리 구경하며

카트를 끄는 건 정말 재미있거든.

가지런히 진열대에 서 있는 식재료들, 너무 귀엽지 않아?

알록달록 다양한 포장지를 구경하는 것도 재밌어.

오늘은 무엇을 해 먹을지, 필요한 재료는 뭐가 있을지

고민하며 고르는 일. 엄청 신나잖아!

가끔은 화려한 도시를 떠나
고즈넉한 시골에 가 보는 걸 추천해.
마을 입구에서부터 산골짜기까지
가볍게 걸으며 자연을 눈에 담는 거야.

그리고 깊게 숨을 들이켜 봐.
몸속 깊은 곳까지
싱그러움으로 가득 찰 거야.

어지러운 마음도 깔끔하게 정리될 거야.

어릴 적의 나는 바닥에 엎드려
크레파스로 그림을 그렸어.

멋지게 캔버스를 채워 가는
내 모습을 상상하곤 했지.

하지만 막상 그리려니
텅 빈 도화지를 어떻게 채워 나가야 할까
고민스러웠어.

고민 끝에 나는
무작정 내가 좋아하는 색깔로
선을 긋기 시작했어.
굵은 선들이 모여 면이 되더니
나만의 귀여운 그림이 탄생했어.

삐뚤빼뚤 잘 그리진 못해도
나는 내 그림이 좋아.
어떤 그림보다도 특별해.

안녕, 난 너의 귀여운 친구 보리야.

내가 좋아하는 것들은 아주 단순해.

아니, 독특할지도 모르지.

어쩌면 너와 같은

취향을 가졌을 수도 있어.

나는 파자마를 좋아해.

파자마는 많으면 많을수록 좋은 거 아닐까?

어제는 노란색, 오늘은 분홍색, 내일은 갈색….

기분에 따라 골라 입는 재미도 있잖아.

파자마를 입고 한껏 느슨해진 몸으로

내 공간에서 보내는 편안한 순간들.

어쩌면 그런 포근한 시간 때문에

파자마를 좋아하는지도 모르겠어.

자주 가는 문구점에 들렀어.
문구 구경하는 것도 내 취미 중 하나거든.

문구점의 낡은 나무 문을 삐그덕 당기면
익숙하고도 낯선 종이 냄새가 밀려 와.
나는 이 종이 냄새를 참 좋아해.

그중에서도 가장 좋아하는 건
사람들이 잘 찾지 않아서
먼지가 소복이 앉은
옛날 일기장과 공책, 편지지들이
한데 모아져 있는 허름한 박스야.

선택되지 못하고 남겨진

낡은 제품들 사이에

숨은 보석들이 얼마나 많은데.

보물찾기 하듯 찬찬히 들여다보면

이렇게 귀여운 일기장도 발견할 수 있어.

하루 중 가장 애정하는 시간은

우리 강아지와 함께

발걸음을 맞추어 걷는 이 시간이야.

잔디밭을 폴짝폴짝 뛰어다니며

하루 사이 다시 새로워진 냄새를 들이마셔.

오랜만에 마주친 친구와

꼬리 흔들며 반갑게 인사하는 시간.

우리 강아지
아니, 세상 모든 강아지가
늘 건강하고 행복했으면 좋겠어.

이 조그만 존재가 나에게
얼마나 큰 행복을 가져다 주는지
얼마나 큰 힘이 되어 주는지 몰라.

케이크를 보면 늘 기분이 좋아.
폭신한 케이크를 보고 있으면
내 기분도 마치 크림처럼 부드러워져.

우리는 무언가 기쁘고
축하할 일이 있을 때
케이크를 찾기도 하잖아.
그저 평범한 날이어도
케이크 하나로 특별함이 생기기도 해.

나는 가끔 바다가 되고 싶어.

하얀 지평선을 바라보며
부드럽고도 단단한 모래사장을 걸을 때면
마치 다른 세상에 들어온 듯해.

웅장하게 연주되는 파도 소리와
고요히 일렁이는 주황빛 노을은
순간 이 세상 가장 큰 아름다움 같아.

안녕! 나는 세상에 단 하나뿐인 송이야.

나 자신을 알아 가는 일은
나를 사랑하는 것에서부터 시작된다고 생각해.

베개와 이불을 자주 바꾸고는 해.
작은 변화만으로도 내 기분이
온종일 산뜻해지거든.

내가 오랫동안 머물고 생활하는 공간에
가끔 자그마한 변화를 주는 건
공간과 나 모두를 환기시켜 주는 것 같아.

기분 전환이 필요하다면 침구를 바꿔 보는 건 어때?

나의 오랜 취미는 요가야.
하루 중 몸과 마음을 챙기는 유일한 시간.

요가는 심신에 고요함을 가져다 줘.
깊은 숨을 들이쉬고 내쉬며
뭉친 긴장감을 풀어 주고
마음에 평정심을 찾아 주지.

나를 더 나은 존재로 만들어 주는
멋진 취미야.

똑같은 컵이지만 손이 더 가는
컵이 있지 않니?

애정하는 컵에 코코아를 마셔 봐.
달콤한 코코아가 온 마음을
따뜻하게 녹여 줄 거야.

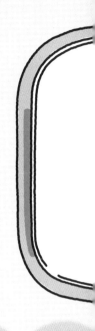

나는 늘 어디론가 떠나고 싶어.

여행하며 새로운 곳을 마주할 때면

큰 활력을 얻는 것 같아.

왠지 모를 자신감도 막 생기고 말이야.

아주 짧은 경험일지라도

여행은 많은 걸 변화하고 성장하게 만들어 줘.

나는 꽃을 좋아하는 만큼
꽃 시장에 가는 것도 정말 좋아해.

놀랍도록 화려한 향기로 가득한 이곳은
마치 꽃밭을 걷는 듯한 기분을 느끼게 해 주거든.

저마다 아름답게 핀 꽃들을 구경하다 보면
어느새 두 팔 가득 꽃다발을 안고 있다니까.

꽃 같은 친구야!
활짝 핀 하루 보내길 바라.

안녕, 나는 남구라고 해.
내가 좋아하는 것들은
꽤 일상적이고 평범해.

평범하지만 좋아하는 것들로
일상을 채우는 것.
그게 내가 원하는 삶이야.

나는 반신욕을 즐겨 해.
고요한 욕실 속 울려 퍼지는 맑은 물소리
부드럽게 나를 감싸는 물과 거품
딱 기분 좋을 만큼 따뜻한 온도가
하루를 포근히 마무리해 주거든.

푸릇푸릇한 여름의 산을 좋아해.

잎사귀 사이로 찰랑이는 햇빛
수줍게 고개를 내민 풀잎들
배경 음악으로 완벽한 새소리까지.

이렇게 푸른 낭만으로 가득한데
어떻게 좋아하지 않을 수 있겠어.

조금 부끄럽지만…
가끔은 혼자 노래방에 가서 노랠 불러.
그냥 흥얼거리는 걸론 부족할 때가 있잖아.

목이 쉴 정도로 열창을 하고 나면
무겁게 가라앉아 있던 덩어리가
공기가 되어 빠져나가는 느낌이야.
알 수 없는 기분으로 마음이 무거울 땐
시원하게 노래를 불러 보는 것도 좋아.

나는 꾸준히 운동을 하고 있어.

매일 무거운 몸을 일으켜
운동하러 가는 건 아직도 쉽지 않아.
하지만 열정과 땀을 쏟은 만큼
커지는 뿌듯함이 내일의 나를
또다시 움직이게 해.

어제보다 더 성장한 나를
만날 수 있게 해 주거든.

나는 비가 오면 창가에 앉아
혼자 사색에 잠기곤 해.
타닥타닥 빗소리는 왠지
내 마음을 토닥토닥
두드려 주는 소리 같아서
위로받는 기분이 들어.

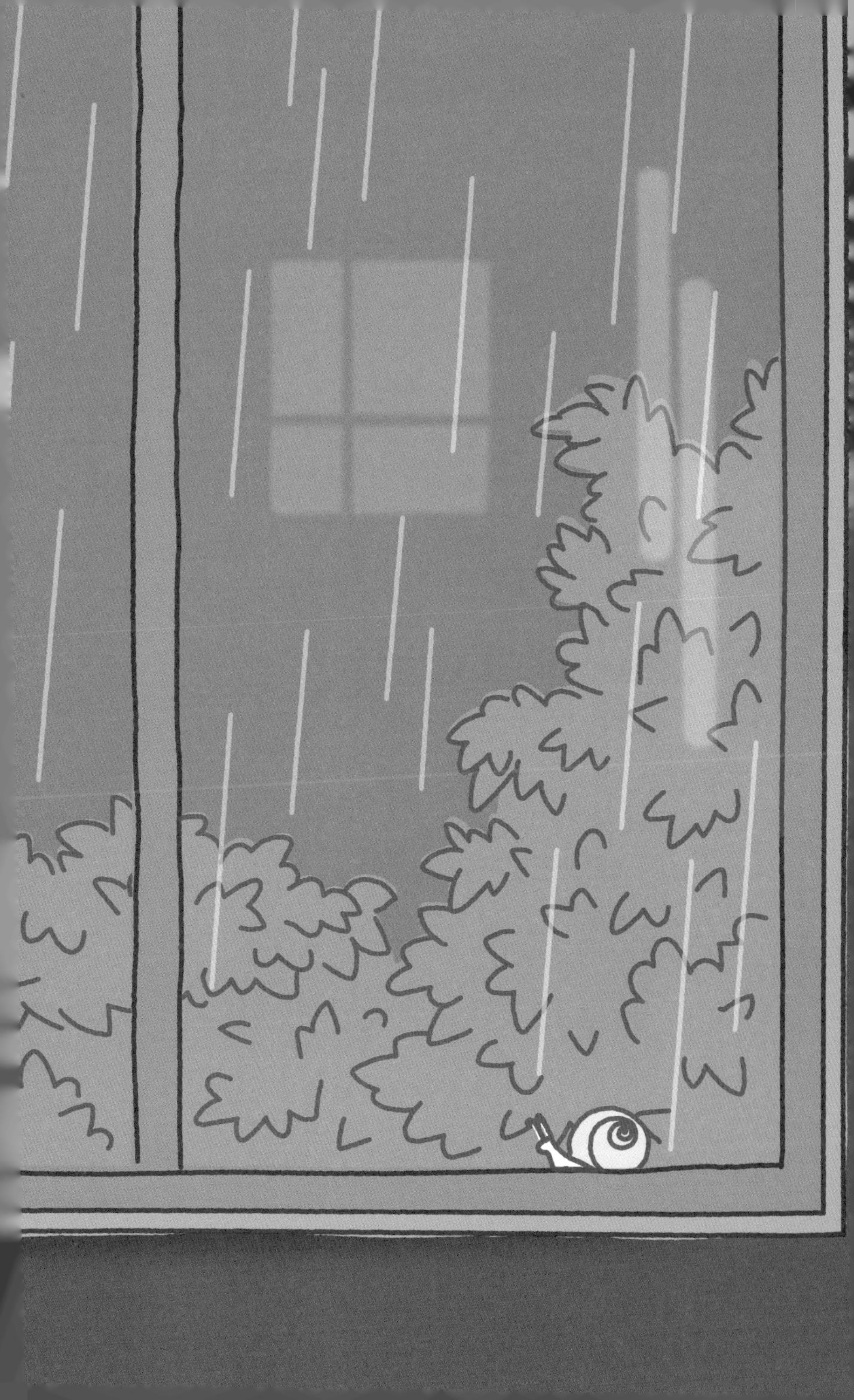

안녕. 마지막 주인공, 찬이야.

나는 주로 혼자서 시간 보내는 걸 좋아해.
물론 친구들과 함께 보내는 것도
좋아하지만 말이야.

꽤 독특한 취향과 대단한 취미를
가졌다고 생각할 수도 있지만
어쩌면 평범하고 일상적이기에
더 자주, 더 오래 좋아하는 시간을
보낼 수 있었던 것 같아.

나는 미술관에 자주 가는 편이야.

묵직하면서 무게감 있는 공간에
가지런히 배열된 미술 작품들이
저마다 은은한 빛을 내고 있어.

누군가 정성껏 빚은 작품을 보며
마음 깊이 경이로움을 느끼고
어느새 느린 발걸음으로
이 공간에 조용히 스며드는
내 모습도 참 좋아.

오늘도 자주 가는 카페에서 책을 읽었어.
아늑한 공간엔 재즈가 낮게 흐르고
커다란 창으로는 어슴푸레한 하늘이 보였지.

부드러운 커피와 책, 그리고 음악이 있는 이곳.
좋아하는 공간에서 책을 읽으며
보내는 시간은 정말 달콤해.

오래된 추억의 물건을 좋아해.
그중 하나는 어릴 적 생일 날
친구에게 받은 기차 모양 연필깎이인데
가끔 연필을 꽂고 손잡이를 돌리면
순수했던 어린 시절이 떠올라.

세월이 흘러 지금은 굉장히
낡은 연필깎이가 되었지만
때 묻지 않았던 어린 날의
추억은 절대 낡지 않을 거야.

너에게도 이토록 애틋한 물건이 있니?

반려 식물들에게 물을 줄 때면

싱그러운 행복을 느껴.

조금 삐죽삐죽 자랐지만

싱싱한 물기를 머금고

점점 풍성해지는 모습이

마치 나와 함께

성장해 가는 것만 같아.

예쁘고 건강하게 자라도록

늘 곁에서 도와줄 거야.

내가 깊게 빠져 있는 취미는
바로 사진 찍기야.

눈으로만 담기엔 아쉬운
순간과 장면들을 만나면
재빠르게 셔터부터 누르곤 해.

그리고 그렇게 기록한 사진들을

잘 정리해서 가끔 친구들에게 선물도 하고 있어.

추억을 선물하는 건
행복을 공유하는 일이잖아.

우리의 추억을 오랫동안 깊게
저장할 수 있는 선물인 거야.

넌 무엇을 좋아해?

좋아하는 시간, 물건, 음식, 노래, 장소 등

너의 취향이 궁금해.

Chapter 3

언제 어디든 함께라면

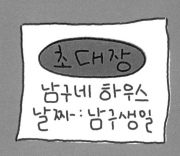

초대장

남구네 하우스

날짜-: 남구생일

내일은 남구의 생일이야.

올해는 처음으로 생일 파티를 열기로 했대.

기억에 남는 첫 생일 파티로 만들어 주고 싶어.

그래서 말인데, 남구에게 주고 싶은 선물을

우리가 다 같이 만들어 보는 건 어떨까?

좋아하는 걸 함께 만들고 준비하는 거지.

엄청 특별하고 근사한 선물이 되지 않을까?

먼저 내가 가장 좋아하는 빵!
우리가 직접 빵을 만들어 주자.
울퉁불퉁 완벽하진 않겠지만
마음을 담아 폭신하고
부드러운 빵을 선물할 거야.
계란 톡, 우유 쪼로록.
함께하니 훨씬 더 즐거워졌어.

주방에 가득 퍼진 빵 냄새처럼

친구들과 달콤한 추억을 쌓았어.

이걸로 우리의 마음이 전해진다면

이보다 더 근사한 선물은 없을 거야.

다음으로는 꽃다발 선물을 위해
송이가 자주 가는
꽃 시장을 다같이 찾았어.

기분 좋은 꽃향기에
어느새 모두가 콧노래를 흥얼거려.

각자 취향대로 고른 꽃들을 모아 묶었더니
풍성하고 예쁜 꽃다발이 완성됐어.

화병에 꽂아 두고 남구가 자주, 오래
들여다보면 좋겠어.

작은 위안과 희망이 되는 선물이길 바라.

드디어 오늘, 남구의 생일이야.
보리가 파자마 파티를 위해
파자마를 준비해 왔대.
모두 편안한 파자마로 갈아입고
파티를 즐길 거야.

찬이는 오늘 우리의 모습을

카메라에 담아 남구에게 선물할 거라고 해.

정말 낭만적이지?

매년 있는 생일이지만

특히 오늘은 더 선명한 기억으로

남게 될 거야.

무척이나 반가운 오늘의 주인공
남구가 문을 열고 환히 웃으며
우릴 반겨 줘.

남구야, 생일 축하해!

도착하자마자 우리는
보리가 준비한
파자마로 갈아입었어.
부드러운 감촉 덕분에
마음이 들뜨는 기분이야.
온전히 생일 파티를
즐길 준비가 된 것 같아.

모두 파자마를 입은 기념으로
단체 사진을 남기기로 했어.

오늘은 하나하나 오래도록
간직하고 싶은 장면이 많을 테니
카메라가 아주 중요한 역할을 해 줄 거야.

자, 이제 초를 불 시간이야.
우리가 한마음 한뜻으로 만든
빵을 올리고, 케이크에 초도 꽂았어.
다 함께 생일 축하 노래를 불러 주자!

쑥스러워하면서도 환한 웃음으로
기뻐하는 남구를 보며
우린 모두 같은 마음을 느끼고 있을 거야.

남구가 우릴 위해 준비한
음식들을 내왔어.
우리가 남구를 생각하며
선물을 준비하는 동안
남구도 우리를 생각하며
아침부터 바삐 움직였겠지?

요리를 좋아하는 남구의 음식은
역시나 굉장했어!
모두 한 입씩 맛보고는 박수를 쳤을 정도니까.

식사를 마무리하고 자연스레
소파에 앉아 담소를 나누었어.

옹기종기 모여 실없는 대화를 주고받으며
웃고 떠드는 이 순간이
어느 때보다도 가장 오래도록
기억에 남을 것 같아.

어느덧 날이 저물고
각자 집으로 돌아갈 시간이 되었어.
즐거웠던 하루를 뒤로하기가 아쉬워
집을 나서기까지 꽤나 오래 걸렸어.

함께 축하하고 웃고 얘기하며
그렇게 또 단단한 추억을 쌓아
더 깊어진 우정을 나누었어.

오늘은 유난히 하늘의 별처럼
반짝이는 하루를 보낸 것 같아.

며칠 후, 찬이로부터
그날의 사진들을 받았어.
함께했던 순간을
가만히 들여다보고 있으니
저절로 웃음이 나.

늘 가까이에 사진을 두고 싶어.
가끔 외로워지는 날이 와도
사진을 보며 조용히 미소 짓게 될 테니까.

우정은 추억이 만들어 주는 거래.
마음을 건네고 받으며
켜켜이 쌓아 온 우리의 추억들은
분명 든든한 힘이 되어 줄 거야.

나는 너의 소중한 친구로서
앞으로도 응원을 아끼지 않을게.

친구라는 존재의 소중함.

함께 식사하며 눈을 맞추고
무탈했던 일상을 공유하는
그런 소소한 순간을 누릴 수 있는 것.

꼭 무언가를 같이 하지 않아도

한 공간에 있다는 사실만으로도

마음이 편안해지는 그런 존재.

내가 좋아하는 걸 함께하며

서로가 서로에게

좋은 영향을 주기도 하고

가끔은 어린아이처럼

단순한 즐거움만으로

시간을 보낼 수 있는 사이.

때로는 아무 말 하지 않지만

존재만으로 잔잔한 위로가 되고

마음이 속상한 날엔

그럴 수도 있지- 라는 짧은 한마디로

헤아릴 수 없을 만큼 큰 힘이 되어 줘.

은은한 온도를 맞추며
함께 보내 온 시간들.

서로를 아끼기에
특별해진 순간들이야.

옆이 아닌 곁을 내어 주는 내 친구야
함께해 줘서 고마워!
덕분에 짙어진 우리의 우정이
살아가는 데 있어 오래도록
힘이 되어 줄 거라 믿어.

곁에 있어 줘서 고마운 소중한 사람에게

감사의 인사를 전해 보는 건 어떨까?

당신의 하루가 화창하게 빛나기를

저 역시 지극히 평범한 일상을 보내고 있어요. 그렇기에 매일 스스로 오늘 '나의 행복은 무엇이었을까.'를 되물으며 책을 그려 나갔던 것 같아요. 당연하지만 당연하지 않았던 일들을 떠올려 보면서요.

언젠가 시간이 참 빨리 간다고 생각했을 때, 저는 하루하루를 늘 행복하게 보내고 싶다 생각했습니다. 1분 1초가 무색하게 나이는 성큼성큼 먹어 가니까요. 그래서 의미 없는 하루를 보내고 싶지 않았어요. 정말 일상에서 보물을 찾고 싶었죠. 마이 버디 친구들처럼요.

어렸을 적, 학교에서 '감사 일기'라는 걸 썼습니다. 선생님께서는 당연한 우리의 일상이 모두 행운이고, 기적임을 알려 주려 하셨어요. 그 문장은 바로 이 책의 메시지이기도 하지요. 당시 10살 정도의 순수했던 저는 '오늘도 학교에 올 수 있음에 감사합니다.', '오늘도 밥을 먹을 수 있음에 감사합니다.', '오늘도 운동장에서 뛸 수 있어 감사합니다.' 같은 귀여운 생각들을 늘어놓은 듯해요.

이때의 순수함을 기억하며 제 마음과 시선을 되돌아보기도, 곁에 있는 가족과 친구들의 소중함을 마음 깊이 담기도 했습니다. 무탈한 하루를 보내고 편히 잠들 수 있음에 감사하면서요.

여러분도 이 책을 닫고 고개 들어 하늘의 햇살을 바라봤으면 해요. 괜스레 마음이 따스해지고, 실바람에 나른히 미소 짓는 하루를 보내셨으면 좋겠어요.

이 페이지로 오기까지 여러분의 귀한 시간을 내주셔서 감사합니다. 오늘도 작지만 큰 행복을 발견하시길 바랄게요.

너를 위해 행복을 준비했어

1판 1쇄 인쇄 2023년 12월 13일
1판 1쇄 발행 2023년 12월 21일

지 은 이 마이버디

발 행 인 정영욱
편집총괄 정해나
편   집 박소정
디 자 인 차유진

펴낸곳 (주)부크럼
전   화 070-5138-9971~3 (도서기획제작팀)
홈페이지 www.bookrum.co.kr
이메일 editor@bookrum.co.kr
인스타그램 @bookrum.official
블로그 blog.naver.com/s2mfairy
포스트 post.naver.com/s2mfairy

ⓒ 마이버디, 2023
ISBN 979-11-6214-469-5 (03800)